luna souto ferreira

é Byxa-Travesty e é de cortes, tem 19 anos, nasceu em São Paulo, capital, e desde seu nascimento reside na periferia de Taboão da Serra. Estudou violoncelo durante 6 anos e viola erudita durante 2 em instituições como Guri Santa Marcelina, EMESP – Tom Jobim e Escola Municipal de Música de São Paulo, porém não seguiu na área. Atualmente é estudante de Letras – Português/ Espanhol pela USP, escritora e performer. Como escritora teve o seu poema "Olhem para Mim" publicado na primeira Antologia Trans do Brasil. Também atua como Mediadora Cultural em exposições. Em seu trabalho busca possibilidades polivalentes de hackear as narrativas e enunciações através de suas transnarrativas/ transenunciações, colocando-as como foco seja na literatura oral, na escrita, em performance ou em espaços institucionais.

MEM(ORAIS): POÉTICAS DE UMA BYXA-TRAVESTY PRETA DE ~~CORTES~~

luna souto ferreira

editora Urutau
primeira edição
2019

○ —

editora Urutau

rua adolpho arruda, 41
jardim das laranjeiras 12910 455
bragança paulista-sp
brasil

[+55] 11 948 592 426

contato@editoraurutau.com.br
www.editoraurutau.com.br

[EDITORES]
tiago fabris rendelli & wladimir vaz
[REVISÃO]
beatriz regina guimarães barboza
[DIAGRAMAÇÃO]
victor prado
[CAPA]
wladimir vaz

Dados Internacionais de Catalogação
na Publicação (CIP) — Vagner Rodolfo da Silva CRB-8/9410

S728m ferreira, luna souto
mem(orais): poéticas de uma byxa-travesty preta de cortes / luna
souto ferreira. — bragança paulista, sp: urutau, 2019.
74 p.; 14cm x 19,5cm.

ISBN • 978-85-7105-148-5

1. Literatura brasileira. 2. Poesia. I. Título.

CDD 869.1
CDU 821.134.3(81)-1

sumário

prefácio

por abigail campos leal[1]

Todo livro escrito por uma travesti deveria ser saudado e encarado como um rasgo no tecido histórico. Não sendo apenas o pesadelo inscrito do totalitarismo cisgênero e do regime heterossexual contemporâneo, mas a *instituição* (atualização) dos *sonhos* mais delirantes de travestis e transgêneros do passado. *Transfuturismo*. É nessa atmosfera imemorial que *Mem(orais): póeticas de uma Byxa-Travesty preta de cortes* de Luna Souto Ferreira deve ser recebido.

Misturando prosa, poesia, ensaio, ficção, autobiografia, a *escrita Byxa-Travesty* de Ferreira não apenas marca os abalos do binarismo de gênero na tradição literária, como borra e suja as fronteiras entre os assim chamados gêneros literários. Uma narrativa direta, porém com meandros, que parece contar as diferentes etapas da vida de uma *Byxa-Travesty*, passando pelas dores e tristezas, pela relação com a família e com o lugar de origem, pelas influências degeneradas e pelas alegrias transviadas, tudo isso, formando múltiplas camadas que se sobrepõe como um mosaico monstruoso.

[1] abigail campos leal é graduada em Geografia pela UFF, mestra em Bioética e Ética Aplicada pela UFF e mestra em Filosofia pela UFRJ. Ativista literária, traduziu e produziu em formato de fanzine inúmeros textos, dentre eles Jack Halberstam, Lee Edelman, Susy Shock etc. É poeta e atualmente compõe a organização do Slam Marginália. Transfeminina, gorda e vegetariana, adora dançar, treinar defesa pessoal, rebolar a raba e andar de bike.

E nessas fronteiras borradas ainda se encontra uma escrita carregada por uma narrativa e um método interseccional, porque são também os traços do gênero, raça e classe que aí se *con-fundem*. Entre pai ausente e mãe presente, entre vielas e banhos de chuva na favela, entre os vazios da depressão trans e os frios da vida na rua, entre superar violências e reconhecer privilégios, entre Marinas e Robertos, entre a violência transfóbica e a mana que disse "permaneça viva", entre correr de pedradas e dar navalhadas, entre não saber quem se é, mas saber quem é que morre, entre o peso do mundo binário e a leveza de uma byxa fluida, entre separação e miscigenação, entre o masculino e o feminino que se misturam no corpo dessa byxa preta, abrem-se vários cortes temáticos que parecem costurar esse texto a partir de experiências que são tanto delirantes quanto imanentes.

Sua escrita é tanto um grito angustiante que provém da ***ferida*** quanto um suspiro aliviador fruto da *cura*. E essa narrativa contraditória parece ser justamente as trilhas do caminho percorrido por uma *Byxa Travesty*, que não são nem absolutos e nem fixos, da ferida à cura. *Mem(orais)* de Luna Souto Ferreira convida pessoas trans e gênero-dissidentes em geral a emaranharem-se nesse já familiar mundo cis-temático, mas também força pessoas cis a experimentarem essa estranha realidade abissal. Da lua que só ilumina por reflexo, que não é a fonte de luz nem de vida, Luna, nesse forte e belo livro, semeia, dissemina essa estranha *semente--sem-sêmen* chamada Eva, nova Era, venenosa, chamada Agora. O *transfuturo* é agora.

Desculpa à culpa.
A casa estava vazia.
Sua mãe dormia.
E a byxa, se sentindo sozinha, escrevia.
E tinha alguma coisa ali, acontecendo nas entrelinhas:

Eu dedico a todas as travas.
A todas as mães.
A todas as byxas.
A todas as putas.
E desde aqui peço
pra que a Deusa mãe
faça este livro de orais-ações
ser fala, afeto,
mudança e escuta.

INTRODUÇÃO SOBRE ORAR

Na caça do beco da vida — escuro, culos colando, rolando a rola até o infindo fluido líquido branco —, só caça quem é crasso. Machos assados, azarados, sortudos endividados, amados, armados, alados, achados e perdidos, nem sempre em fatos. Mas sempre no ato. Já fiz alguns amigos de minutos, já contei e ouvi histórias: já fui e voltei no tempo pra soar. Invadi casa. Fiquei nua. Falei. Gritei. Soei. Morri e voltei. Nasci. Travesty. Travestyrei. Verbo me tornei, escrevia como adjetivo. Sem objetivo caí neste lugar e me vi sem poder voltar, voltei. Objetivei. Tudo isso porque sou crase, não caço. Sou caçada em miradas de outras formas, meu conteúdo é falta de peito e muito peru. Nunca casada. Sempre cansada. Mas atraco, mais rápida que o atrake é o movimento de quem soa entre o tudo e o nada. Sobre essas histórias é que vim orar pra vocês, mais uma vez entre a ereção e a oração. Nunca fui muito de unção, sou mais da ação, mas me disseram que orar ao invés é raro. Então, acreditei que ao contar poderia ser alguém. Além, que poderia em algum amém ordenar onde começa e termina o amor. Então, acho que é sobre amor. Ademais, também, sobre muita dor:

I

da primeira prosa: tecida em cortes

UM FILHO DE QUALQUER FRANCISCO

Seu Francisco, eu sei que você não pode ler isso agora, muito menos me escutar. O motivo de eu saber disso, primeiramente, é porque você muito provavelmente não sabe ler, igual a minha mãe, a dona M., a mulher que você abandonou com um filho nas costas. O abandono é o segundo motivo, do porque você não pode me escutar. Não só por um motivo espacial de não estar aqui, mas muito mais por uma questão emocional, psicológica, social, histórica e, se eu não tivesse uma simpatia tão grande pelo ateísmo, até espiritual, que eu tenho certeza que só um texto não é capaz de explicar.

Apesar de saber disso, eu queria te falar que quando me deito para dormir eu escuto os cachorros da rua. Escuto os carros passando na lombada e os grilos que habitam o terreno baldio do lado da minha casa. Sobretudo, escuto meu coração bater bem rápido; já não consigo mais deitar e dormir como antes, agora sempre há esse prelúdio regido por sentimentos ansiosos.

Seu Francisco, não escrevo isso para te dizer que sinto sua falta. Estaria mentindo se fizesse isso. Para mim, você é apenas mais um homem e homem no geral não é coisa muito boa. Eu escrevo isso apenas porque, ao contrário de você, eu tento não abandonar a minha mãe e, na medida do possível, eu ainda não me abandonei. Sim, sim. Eu chorei, sim. Afinal, as coisas foram difíceis para nós sem você. Não porque eu preciso de um pai, ou porque minha mãe precisa de um homem. Sabemos nos virar muito bem em relação a isso. Mas o mundo não é de graça. Minha mãe trabalhou muito para me criar. Ela ficou doente, Seu Francisco. Talvez, se você pelo menos tivesse ajudado financeiramente igual a lei diz. Ai, ai, que lei? Aqui nem lei tem. Salva-se quem tem algum privilégio e o seu foi ter mala, cunha e alguns panos de bunda para levar.

Seu Francisco, acho que desde que você foi nossa situação mudou bastante. Eu por exemplo, me assumi. Eu sou uma byxa. Sabia disso? Eu sou uma byxa. Em relação a isso você não pode me escutar mesmo, mas eu posso. E sabe o que eu escuto? Bom, em casa depois da saída do armário eu escutei que se eu apanhasse na rua o problema era meu. Esse é um dos motivos pelos quais agradeço não ter você na minha casa nem no meu coração. Não sei se aguentaria ouvir isso de duas pessoas. Já na rua eu continuo escutando "olha o viado", "vira homem", "é menino ou menina". Isso me causa alguns problemas, alguns deles têm nome: depressão, pânico, medo de apanhar na rua. Mas por que te conto isso? Não sei.

Eu também aprendi a ler. Entrei em uma universidade e agora estudo três línguas. Sim, três. Como eu não tenho o privilégio de simplesmente ir embora da minha vida, preciso aprender a ser o melhor em tudo que faço para poder sobreviver. Isso exige estudar e trabalhar bastante. Mas quando tenho tempo livre eu leio livros. O meu preferido conta a história de um homem que vira um inseto e morre de fome no final. É assim que eu me sinto toda vez que vou dormir e me vejo em toda essa situação e não posso mudar muita coisa. Será que um dia eu vou morrer de fome? São esses meus sentimentos ansiosos que me impedem de dormir. Eu não posso fugir. E você também não podia. Mas acho que você o fez, então... adeus. E se um dia pensar em voltar, lerei isso e você vai ter que me escutar.

SENTIR FRIO

Eu não gosto do frio. Tem gente que gosta, mas eu definitivamente não o prefiro. No frio eu fico doente, minha garganta fica dolorida e minhas amígdalas que já são grandinhas ficam inflamadas. Tenho febre lá pelas 4h30 da madrugada, tomo um remédio e tento dormir, depois lembro que não vou conseguir porque minha cabeça não me deixa, inclusive, ela provavelmente é o âmago da reação das minhas glândulas. No frio eu lembro que as paredes da minha casa são de finos blocos laranjas e se localizam num lugar distante do sol central. Isso também me faz lembrar que minha mãe mora aqui e assim como eu ela sente frio, fica doente. Olhar isso é um sentimento que causa queimaduras de frio, ela tem 60 anos e não possui condições de pagar um convênio médico. Ela também não tem condições de pagar um convênio médico pra mim, mas paga. Acho que trabalhar pra ela deve ser frio...

Entretanto, ainda assim, tenho um teto, uma mãe e outros privilégios que me salvam. Sim, pra pele preta de signos coloridos essas coisas são privilégios. Existem pessoas que não têm casa de blocos finos, muito menos casa, mãe ou alguma coisa. Sei que essas pessoas têm frio. Muito frio. Ser menino preto, da rua, sem oportunidades bem dadas, cuja forma de se esquentar é ir pra aquelas saídas de ar do metrô da Av. Paulista (sim, aquelas saídas de ar que vamos pra nos divertir vendo nossas roupas flutuarem com o ar quente), puta merda, deve ser muito frio! Estar no frio da rua porque sua família não aceita a sua identidade trans é frio! E não esquenta! A sarjeta deve ser fria! Viver em uma cidade dita linda que tira os poucos bens frios de pessoas que não podem se esquentar é frio! Não poder tomar um banho deve ser frio! Não ter ajuda é tão... frio. O inverno não é bonito pra quem não tem cachecol, casaco ou o calor do privilégio de estar de um outro lado.

Sabe o que é mais gelado nisso tudo? É saber que não é culpa do inverno frio. Não é culpa das estações. Tudo isso acontece o ano inteiro a todo momento, não é? Vemos tudinho sem ao menos questionar. E sabe o que eu concluo? Que é sempre frio.

DO AMOR

Me perguntaram, no âmbito do Amor Romântico, se eu acreditava no amor. E com uma mochila e dois kg de incertezas eu respondi:

— Eu acredito no amor, mas antes de acreditar eu prefiro viver.

Na verdade, eu nunca vivi o amor. Talvez tenha respondido o que respondi para agradar. Sim, eu acredito nele, mas como viver algo que não acredita em mim? Que não me nota? Quero dizer, me nota e me exclui? Sejamos sinceros, sensatos e históricos, o amor para nós é a relação limpinha e higienista entre seres que façam sentido no (cis)tema — mesmo que se oponham a ele — propícia a ser reproduzida em um curta-metragem francês, com modo de funcionamento convertido em paz-conflito-paz, ou conflito--paz-conflito-paz, necessariamente nessas ordens. E o flash final sempre é branco. Quem vive o amor, na verdade, é vivido por ele. E ele nunca morou em mim. Nunca me viveu.

Pensando bem, se nem da paz eu sou, se a paz nunca pisou aqui, sempre ficou lá, para lá, imagina se sou do amor? Eu é que não sou! Posso acreditar, mas eu não sou do amor! No amor não se sente a ferida e eu a sinto bem forte em minhas costas. Arde. Incomoda. E isso, segundo as definições, não é amor.

Meu pesar não é amor. Meu sentir não é amor. Meu sorrir não é amor. Meu dançar não é amor. Meu desesperar não é amor. Não é, não diga que é, porque não é.

Não quero ser do amor, pegue essa sua flor e entrega para uma idiota qualquer. Porque no meu coração não tem espaço para grinalda, está ocupado com uma antiescolta bem treinada. Depois de ser descartada, esfolada e aporretada por sua cara organizada, bonita e fotografada, eu prefiro ser da dor. Ser do mundo e das incertezas. Ser do desejo e da melancolia. Ser na resistência de todo dia com tristezas ou alegrias. Ser de coisas que não sei. E do amor eu já sei bem e, por favor, sem fervor, desse amor eu não sou. E não serei.

CHUVA NA FAVELA

Hoje eu tomei chuva na favela. Enquanto eu decidia se ia pela ponte ou pela viela gotas de água pingavam em mim. Tudo bem, já faz um tempo que isso não é mais um problema tão grande. Lembro quando era.

Uma vez começou a chover quando um grupo de meninos se juntaram para jogar pedras em mim da escola até a minha casa. Era difícil correr com aqueles sapatos tão desgastados. Eram bons sapatos, daqueles bons mesmo, de marca, sabe? Mas, tadinhos, já tão gastos que tinham alguns furinhos na sola. Na época a calçada ainda não era cimentada. Logo, entrava barro, plástico e dor. Eu me sentia abandonada, assim como a calçada da minha morada. No banho um machucado laranja, da cor do tijolo exposto que ergue minha casa até hoje.

Contar? Eu nem ousava contar para minha mãe, nem sobre os sapatos nem sobre as pedradas, no máximo sobre a chuva. Nunca gostei de ver a cara de dó dela, presa diante de mim e dos dilemas de educar o filho com valores pacíficos ou mandar eu agredir quem tentasse encostar o dedo em mim, entre comprar o pão ou meus sapatos. Por sorte tinha pão quentinho da padaria Beneapa da rua 5 todo dia na mesa, nunca faltou. Custou um pouco, mais especificamente algumas dores (físicas e mentais) e alguns choros, mas agora sei que para agressor não tem vez, tem tapa.

Hoje tomando um banho de chuva ácida na periferia de Taboão da Serra eu percebi que pouca coisa mudou: a calçada ainda está lá, os dilemas ainda estão, o pão e as pedras no chão também, mas por sorte (ou por luta), a Byxa-Travesty que sou hoje é muito mais molotov.

II

da segunda prosa: processada em vida

TRAVAS DO BEM

Quando era pequena me ensinaram que travesti era ruim. Era errado. Tudo que era malfalado era travesti. Quando eu, tão pequenina, perguntava para as pessoas grandes o porquê das travestis serem todas tão esguias me respondiam:

— São assim porque os traveco são do mal. Andam com gilete para não apanhar dos "homi" de bem. Eles cortam a sua cara.

E eu matutava a pensar "quem corta a cara de quem? As travestis ou os 'homi' de bem?" Pois, eu cresci. Primeiro fui viado, agora eu sou uma Byxa-Travesty. Falo pajubá, cuido da minha picumã e aquendo a minha neca quando me dá vontade. Ando e corro pelas ruas por conta dos alardes e na vida como um todo não é muito diferente.

Hoje, eu ando com gilete, a mesma com qual corto o meu xuxu. Mas também corto a cara dos homens de bem caso for preciso. Hoje, com meus quatro sisos, entendo que nesse jogo as Travestys são reféns e peço todo dia para a Deusa rogar por nós, Byxas-Travestys de um mundo tão feroz.

DO SABER DAS BYXAS

Só as Byxas sabem como é ser uma Byxa. Só as Byxas sabem os seus sentires quando estão sendo escoltadas por miradas agressivas. Só as Byxas sabem o alarme de serem desejadas às escondidas. Sabem das suas dores e delícias. Da milícia. E se arriscam.

Quando eu vejo uma como eu, meu coração aquece em força. Olhares e close de Patrícia nós trocamos. Também, oramos, "que nenhuma Byxa morra, awoman". Mandamos à Deusa e cada uma para o seu caminho, que agora cruzado, sabemos que uma hora ou outra será transpassado.

Acredito que quando uma Byxa pensa em outra seus corações são emaranhados, entende? O vazio que impõem em ser Byxa adormece um pouco. E os cortes se fundem tornando-se enormes rasgos subversivos diante deste (cis)tema agressivo.

E, como dito, depois de alguns ocorridos, em rolês nós nos trombamos, "Grito! Eu já te conheço, mana!" Nos amamos e em cada papo, sarrada e raba pro alto tentamos manter nossas vidas fortalecidas. E sinto que somos aquecidas pelo fervo, mas vívidas pela luta.

Que gostoso que nesses espaços de escutas, às vezes, há toques. Corpos em choque chupam, sobem, descem e empurram. Espirram, salivam, suam e mordem. Nesses diálogos, sinto: o que soa são atos de desejo que rompem lógicas dadas aos nossos corpos. As mesmas que regem nossas mortes.

Então, eu gosto quando entre nós nascem carinhos. Acho que esse "sentir" é o que vale. É afirmado até o fundo dos nossos corpos que no mundo, sim, eles existem como tais: e eu sei que, no final, só uma Byxa sabe, com a mesma intensidade, o que só uma outra Byxa sabe.

EXPERIÊNCIAS Nº ETC

Olha que homem bonito no metrô. Branquinho, pelos ruivos, meio forte e magrela e com um olhar de bom-moço-sacana-malandramente-bom moço. Pilim, pilim, é o som que o celular dele faz quando recebe muitas curtidas de outros homens bonitos no instagram. Deus, esse homem me lembra Deus. Não tem uma passagem assim na Bíblia? Que Deus é bonito?

Fode fode fode e fode FODE VAI FODE.

Deve ser o que outros homens bonitos falam pra ele bonitamente quando estão fazendo sacanagem. E sempre tem pau, saliva, beijos ternos e safados, mão se esfregando, pelos roçando e claro, muito cu.

A língua entra e sai do cu. Dedos entram e saem do cu.

Pau entra e sai do cu.

E ali no cu-homem-bonito nasce, cresce, finca e prolifera a paz-homem-bonito.

Ai que liiiiiiindo. "Eles não vencer, nada de ser em vão (...) somos dois homens e nada mais (...) amar sem Temer"[1].

---

[1] Trecho da música "Flutua" do Jhonny Hooker.

Escrevem depois de foder, homens-bonitos. Chuc chuc chuc chuc é o barulho do lápis no moleskine; e a língua entra e sai do caderno dele assim como sai do seu cu.

Sai do seu cu e goza bonito and sexy a feel. É aquele filme né? Tirado do cu do moço. O nome é bonito: tirado de um cu da língua de cu de moço. Nada de estranho tudo de parágrafo, sonetos e heineken.

Cerveja
maconha verdinha
afeto
são as drogas que usam sempre com alguém por perto e dá nada né, ai que liiiiiindo.

Não estou bêbada. Chego em casa. Minha casa é minúscula e fica em uma favela grande. FAVELA e não casa. Me olho no espelho e lembro de Sócrates: *conheça a ti mesmo*. Olho por fora do espelho e me vejo desejo-menina. Vejo minha mãe doente. Me olho no espelho vejo aquele homem bonito e volto pra onde estou: sem casa, sem cerveja, sem afeto e sem língua.

Termino de sangrar pelo peito que não tem peito e pela barba, as pessoas terminam de gravar, não grito mais e homens-bonitos-ai-que-bonito-que-tesão-ai-me-fode-vai-que-delícia-ai-queria-ser-assim; continuam a andar.

Ai que liiiiiindo.

E uma outra eu pra você vê um outro homem diferente...

PRONOME OBLÍQUO NÓS E UMA ORAÇÃO QUE ME ACALMA

Travesty. Sou e me encanta. Me dói e me espanta, me carrega e me levanta. Me mundo me murra. Me luz de minha escura. Me atravessa travessa. Espessa. Sentada na sarjeta, murro que tenta me deixar murrada e pensando em toda minha curta e grande estrada, espero... a esperança. Cansa. Mas cansa. Cansada dessa paz branca manchada de sangue. Me Te Nós. Mete em mim e não vejo o fim da dor. Voei pro sol demais e minhas asas derreteram, eram apenas uma cis-ilusão. Cai. Sentada eu me sangro no mangue e penso em Deus, que Deus? Trago um dos meus poucos cigarros: será que em algum dia poderei te perdoar?

(Mas eu sei ser trovão
e se eu sei ser trovão
que nada desfez
eu vou ser trovão
que n ada des-
faz)[2]

---

[2] Trecho da música "Lodo" da Luedji Luna.

OBRIGADA

Não tenham medo. Nós estamos aqui. Nós, Travestys. Aladas sempre escoltadas resistindo às pedradas, reexistindo a cada palavra facada. Fortes, somos fortes, conquistamos do sul ao norte sangradas de cortes. A cada dia abençoadas por nós mesmas, sagacidade na mesa. E quando a morte não chega, dias de sorte, luz e rosas à todas nós. Nós, não tenham medo, estamos aqui. Amadas pela deusa Travesty em corpos de carvalhos, árvores grandes e ingratas, gratas, enraizando todas que você, macho, mata. Queremos tudo, todas as palavras de gilete e mel. Não mais ao leu, Guél; nós estamos aqui! Ali. Ai. Bem pertinho, de pau e peitinho, armadas com ódio — mas entre nós em carinhos. Ei, cara! Olha bem na minha cara quebrada. É minha marca de quando quebramos a costela de Adão e levamos um soco na cara, bem forte. Hoje, sou uma Byxa-Travesty de cortes, manas. Nosso porte emana coisas bonitas! Ouvi do pajubá que somos lindas quebradas amadas e de cada trincada esquina (e em cada esquina), seja do centro ou do bairro, surge muitas mais de nós. Essa é a nossa lenda, feroz pra caralho que não morre tão cedo. Não morre. E pra você que não entendo os nossos corres, que torce com força nos dedos, os mesmos que nos enfia no cu e depois nos mira e engatilha, sempre o mesmo enredo, saiba que não é segredo: tenha medo. Nós estamos aqui.

III

da poesia: feridas de resistência; oralidade

UMA SAÍDA

Pesa.
Sabe?
Pesa.
Pesa, mano,
pesa.
Pesa, mina,
pesa.
Ser mona pesa...
Pesa...

Véi,
Cansei de chorar enrustida suplicando em uma reza.
De pedir com educação respeito pra uma sociedade
que só me despreza.
De ficar presa, disfórica, por conta de um CIStema
que não me preza.
De me ver em uma queda na sua heteronormatividade
que é uma balela.
É só mais uma pedra pra minha feminilidade que sim, é BELA.

Agora o papo vai ser reto.
O grito vai ser potente.
Não vou deixar mais que seu preconceito destrua minha mente.
Destrua minhas correntes.

Tô armada no em(poupou!)poderamento,
não vai ter quem argumente.
E te garanto que a ferida vai ser ardente.

Não vou engolir sapo por estar me descobrindo transviada.
E nem venha me dizer que sou inapropriada.
Porque vou resistir, sim, mesmo não sendo "recomendada".
Vou me posicionar, me situar, me informar.
Vou me amar.
E quero ver algum mané vir aqui me tombar.

Eu vou sair é no salto 15
de calça legging.
Pirigótica
bem linde.
De saia rodada.
Dançando voguing.
Maquiada.
E eu não vou borrar meu batom com gente mal-intencionada.
Se está achando estranho, se situe e escute ou fique aí desorientada.
Pois, independentemente de seu preconceito,
querida, eu vou continuar uma viada.

Eu particularmente acho bonita essa tomada,
essa tomada de si.
Esse próprio intervir.
Esse aflorar onde simplesmente se pode ir e agir,
sentir seu ser vir.
Em um mar onde tudo pode fluir.
Até sorrir...

E ninguém disse que o medo não está aqui.
Que não estão nos encurralando.
Temos essa constante sensação que sempre estão nos ameaçando.
Sabemos muito bem que todos estão nos olhando.
Mas não sucumbir no que estão nos tarjando
é combustível pra vida,
é saber que estamos lutando.

Uns aos outros é o que temos na hora da queda.
A empatia que é terna e nos conforta.
Porque nessas horas, às vezes, não temos família nem casa,
não se abre uma porta...

Eu nunca vou esquecer da mona que olhou nos meus olhos e disse:
"Permaneça viva".
Essa empatia de saber que talvez no outro dia
uma de nós, se não as duas, jazeria.
Assim como todos nossos dias.
"Permaneça viva".
É algo que temos que nos afirmar,
todos dias tentam nos cortar
no que somos, no nosso aflorar.
Sempre temos que pra dentro olhar e dizer:
"Permaneça viva".
Mano, essa sensação
de perseguição.
De desumanização
só por eu ser quem sou
por eu passar um batom.
"Permaneça viva".
Do perigo que me diz: corra.

Do preconceito que diz: morra.
Da família que me deixa na gangorra.
Essa interrogação do porquê do ele, o ela, ele ou ela.
Essa disforia que não sai da minha cabeça.

Pesa.
Essa porra, pesa.
Porra, pesa!
PESA!
PORRA!
PESA!
PORRA...

Depois das lutas, das quedas, do levantar necessário,
percebo que sair do armário
só foi o nível fácil do cenário.
Desse peso autoritário.
Desse desprezo diário.
Desse mundo que pesa.
Esse mundo tão binário.

OLHEM PRA MIM: FLUIDEZ DE UMA BYXA

Olhem pra mim e vejam
que no meu masculino
meu feminino é lindo.

Ornamental,
pra sociedade tão sacal,
na minha alma tão natural.

Experimento,
já que no fluido que sou
tudo está em movimento.

É lindo.
Mas eu tenho que ser findo
pra quem me resumi a um menino.
Pra rodar a saia
tenho que ter uma vagina.
Deixar que me determinem
a um ponto na esquina?
Pra ser viril
tenho que negar
a flor do meu gentil?
Em ideologias brigar?

E rezar pra um dia estar
onde eu sempre pude transitar?
Por que tenho que ser Marina?
Ou me conformar em ser Roberto?
Mas se tudo no ser é incerto,
eu só não posso ser liberto?
Sou, fui.
Serei, seremos.
Será que o mundo todo
está em dois extremos?
Em duas caixas?
Só por fugir disso tenho uma moral baixa?
Mas e se minha alma não se encaixa?
Querido, querida, queride.
E se eu lhe contar que ainda há quem duvide?
Da identidade de pessoas
que só querem ser felizes, reconhecides e ouvides...
Bom, mas e se eu for
quem dizem quem eu sou?
Tudo bem, me deixe que eu vou
aos poucos descobrir.
Só me deixe fluir
pra nessa ideologização
de homem e mulher eu não sucumbir.
Não precisamos ser eternamente
o que nos determinaram quando nascemos.
Nós somos transformação
tudo isso é construção.
É que pro capital pra onde eu vou é contramão!

Tudo isso é nascer.
Tudo isso é viver.

Tudo isso é ser.
Na boa, quem está recitando isto é muito além do que você pode ver, muito prazer!
"Eu quero nascer,
quero viver.

Deixe-me ir
preciso andar
vou por aí a procurar
sorrir pra não chorar"[3].

[3] Trecho da música "Preciso me encontrar" do Cartola

QUANDO ESCURECEU NU E CRU

"Separe-os! Separe-os pelo tom da pele! Pelo gênero!
Pelos traços! Pela língua! Separe-os!"

Separaram.
Amarraram.
Humilharam.
Perseguiram.
Tarjaram.
Realmente,
pra nós como cidadãos nunca olharam.

Sinto que nunca foi tão passado o nosso presente.
Que a chibata levantada pra preto ainda é presente.
Que da ponte pra cá são as senzalas consequentes.
E ainda assim aqui em terra de Zumbi dizem que ninguém é preto, mas não é branco (?),
dizem que somos moreninhos inconsequentes.

Esquecem da famosa miscigenação.
Embora na TV seja um tema que passa por uma romantização.
Quer a realidade aqui nua e crua, mermão?
Foi e é fruto do estupro das mulheres de várias gerações.
De quem já habitava há muito tempo esse chão
e mesmo assim não foi visto como nação.

Negras e indígenas mães de nossa terra.
Sinto que é maior que o mundo o sofrimento delas.
De saber que até a identidade é tirada delas.
Querem embranquecer a cor da raiz dessa nossa terra.
Só mais uma maneira do capitalista tentar se apropriar dessa.
Sistema que sabemos muito bem que joga quem tem marca de chibata nas costas pra constante queda.

Confesso, em meio a todo esse contexto me confundiram:
"cê não é negra só é moreninha,
um pouco mais escurinha,
queimada de sol,
café com leite,
da cor do pecado,
pessoa de cor,
não, não que horror!
Negra não senhor!
Seu cabelo não é bom,
mas calma não é crespo,
talvez uma chapinha?
Um boné?
Qual é sem preconceito"

História da humanidade e a individual,
tudo isso está a se relacionar,
pois nossas raízes o mundo tenta cortar.
Nossas realidades tentam ignorar.
Em meio a tudo isso o discurso branco em terra de preto continua a reinar.
Quantos de nós deixamos de nos aceitar?

Saibam que quem se empodera
passa por um empoderamento
porque há um tormento
cheio de sofrimento
que nos joga pra lá do relento.
Da solidão.
Da separação.
Da segregação.

E só nos resta resistir.
E o resistir é todos os dias.
Todas as gerações.
Pois, sabemos que aqui é 'nóis com nóis'.
Mas se quiser colar estamos abertos a desconstruções.
Acho que no fim só queria recitar que
nunca foi tão passado o nosso presente...

UM CAMINHO

Eu mal nasci em um mundo
e já me jogaram pra uma estrada de caminho reto.
Com homens viris com seus paus eretos
e pagando de exército
seguram nas mãos seus abusos como merecidas fardas.
Nessa estrada me falaram que só tem dois caminhos,
ou você é menina ou você é menino
e na primeira opção você só fica calada.
Eu quero que se foda a porra dessa estrada.
Eu prefiro andar pelas matas.
Ando em caminhos tortos.
Eu faço a minha caminhada.
Construo as minhas armas.
Componho os quilombos que nunca serão mortos
junto com as monas pretas dessa saga
que de ficção só deveria ter essa sua cara
que finge que nunca ouviu essa história ser contada.
Você que tantas vezes fez essas narrativas serem ignoradas.
Que anda de boas nessa cantata
sem se fazer de pessoa questionada.
Você que sentiu agora a culpa na minha rima recitada.
Dói? Se ver do outro lado da narrativa pautada?
Pois é, é assim que nós nos sentimos quando somos deslegitimadas.
Quando andamos nas ruas e da nossa cara dão risada.

Quando nas instituições somos apagadas.
Quando o suicídio é a nossa última carta a ser sacada.
Quando morremos nas ruas a pauladas.
E vocês ainda querem que eu chegue aqui
e fale sobre contos de fada?
A paz é hétero-cis-classe-média-branca-magra
e eu disso já estou cansada.
Por isso nós todas Byxas pretas, sapatões,
Transfemininas e afeminadas
saímos das matas.
Ocupamos a estrada
e a fazemos transviada.
Expulsamos essas categorias fechadas com a nossa byxaiada.
E presta atenção porque se você não honra nosso sangue,
é porque está com a faca.
Mas pro desespero de quem quer nos ver empacotadas
a última coisa a ser rimada
vai ser o nosso verso:
LGBTQI'S+ do gueto revolucionárias.

COR, PÓ

Meu corpo.
Meu copo de soco.
Um soco que no saco dói.
Não pelo soco.
Nem pelo saco.
Mas pelo caco de certeza.
A certeza que meu corpo,
se declarado por uma palavra,
poderá ir para o saco.
Fala! Fala sem fala,
com fala, com falo!
Deixe que essa palavra nasça.
E assim, mesmo sem certeza,
sua identidade teça: Byxa, Travesty, Mulher, Preta (?!).

RESPIREMOS NOSSAS BRASAS PARA QUE DE CINZAS NASÇA

Byxas-Travestys com o peito que arde.
Ar de força em cada parte.
E os nossos corpos que em margens
invadem e inundam imagens poéticas, estéticas,
e inversas a essa sua cara patética com uma falsa ética.
Segura essa poética:
Que o papo é reto, com ou sem métrica.
Porque as nossas prosas rimas e cantatas
estão marginalizadas.
São ameaçadas todo dia por lâmpadas, machos e facas.
Mas não vamos ficar paradas.
Estamos renascendo como fênix.
E a cada viver refazemos nossas histórias serem narradas.

ESTAMOS PRESENTES!

Somos nós.
Somos nós.
Somos nós que morremos.
Arrastados, esmurrados, a tiro e tormentos.
Somos nós.
Somos nós.
Somos nós que morremos.
Diárias pauladas de dores de tempos.
Somos nós.
Somos nós.
Somos nós que morremos.
Mas fique ligado, nós não nos calaremos!

Morremos não, somos assassinados.
Seja pelo genocídio fardado, ou pelo estado suicidado
que as nossas mentes deixam: infelizes fatos.
Mas é claro!
Já que, nós pretos, denunciamos na ferida esses casos.
Preferem ouvir patos que não pagam do passado
que ainda hoje é presente parado.
Mas é claro!
Porque se fosse escuro não haveria sangue jorrado nas calçadas.
Tipo o da tosse da tuberculose do Rafael Braga.
Tipo o da Claudia Silva Ferreira, que pela polícia foi arrastada.

Tipo o da Flavia, travesti negra assassinada.
Tipo o da Marielle, mina, vereadora do Rio que foi executada.

Somos nós.
Somos nós.
Somos nós que morremos.

Mas das nossas vozes fazemos coros em luta.
Não nos calaremos.
Fazemos movimentos.
No dia a dia resistiremos.
A cada preta e preto vivo passando seus ensinamentos,
vivências e momentos
de amor, alegria, tristeza ou dúvida.
Todos banhados na luta de sermos quem somos.
No corpo, na alma, na raça, vivemos!
Na resistência nossas raízes fazemos.
E se essas raízes forem apagadas pela romantização
da miscigenação, ou por qualquer branca ação,
nós em nós as refazemos.

Somos nós.
Somos nós.
Somos nós que morremos.

Reconstruiremos o que nos foi tirado
debaixo de murro no morro no chicote calejado.
E não mais calados,
colocamos em jogo a nossa cor.
Porque não é ela que é o nosso fardo.

Mas sim a cor da paz que é branca
e nunca olhou para o nosso lado.

Somos nós.
Somos nós.
Somos nós que morremos.
Mas fique ligado, não nos calaremos!

QUADRILHA

Língua não escrita
de um povo que incita
variedade é mó fita
que sempre tá viva
nos beco das rua
das puta das panca
dos ponto dos poeta
dos louco
das mina das mona
que lidam e tombam
na noite calada
agredidas e atadas
a cada esmurrada
de um discurso de ódio formal.
De gente babaca
que tem o poder
de várias canetada
que sabemos que é tipo
facadas armadas
que mata e saca nas bala
tipo dos banco: empresários.
Mas, também,
temos as nossas arma
faladas no cenário.

Ou vocês tão achando
que a gente é otário, caralho?

IV

da trilogia: o mundo de uma byxa-travesty preta

POEMA Nº 1: O CENÁRIO

Em uma terra sem trato, sem teto e sem tempo
é tatuado sobre um terreno temido e subjugado
passava o passado no presente futuro
enquanto, via(do) no muro transpassado
com o sangue arrastado, jorrado
jorrava...
Na fonte calada, machado em alta Marcha,
a origem do nosso coro
somos Byxas-Travestys como touros,
seus tolos.

As lâmpadas, aqui, são acesas e depois apagada (em)costas,
Quais costas? As nossas.
Entende o pêndulo posto neste cenário de propostas?
Você saca ou você soca?
Você dá tapa ou você me topa?
Está com o chicote ou na maloca?

No escuro das dores
as cores que jorram igual o sangue, brilham, piscam e ateiam
o fogo e temores da mente.
Sobrevivência aqui é feita em subversões de correntes, você sente?
Me sente? Presente ou ausente?
Na calada da noite, às vezes, não sei mais.

No cerne do cenário, há mais:
banais os filhos e o Espírito Santo que nunca foi pai.
Pois, os tais assim como a paz nunca passaram aqui.
E sempre foram de lá, pra lá.

E acá?
É o ratatá.
É o fervo.
É o fogo.
É a forma-conteúdo.
É a luta.
A revolução.
E nunca será a fuga, mermão.

Pois aqui é a história das que são bruxas, que são treta,
que saem mostrando a lomba, as pernas e as tetas
que arrombam o armário e explodem as gavetas.
Porque na terra de macho
ocupamos e tomamos o que é nosso:
somos Byxas-Travestys e somos pretas.

POEMA Nº 2: O CORPO

Me roubaram.
Roubaram as palavras que não posso dizer mais
e me esfregaram na cara o direito às palavras vazias, tais.
Palavras ocas e banais
que só andam para trás
junto com seus ideais
que assassinam as nossas vidas.

Vidas que são secas e irressarcidas,
deferidas e refletidas,
perante você que concorda com este (cis)tema
cujo lado nosso nunca é o tema.
Só é visto como cinema
nos programas tipo Datena.
Enquanto, igual uma trema,
eu caio e sou jogada na calçada.

Mas se liga, pois eu também sou o esquema.
E sempre precisei dar meus corres quebrando algemas.
Algemas que prendem meu corpo em dilemas.
E meu corpo, tarjado como uma carta de suicídio feita,
corpo que é almejado dentro de um saco
como se fosse a coisa mais nojenta.
E pra além ainda tem treta,

pois mesmo que eu fosse eleita a mais sagaz,
nunca chegaria andando em paz,
pois do interno o que é terno não sei se sai mais.

Aqui dentro já jaz...
Já jazz...
Já axé...
Já funk...
Já blues...
Duas rimas e um pouco do fardo da cruz
daquele Cristo que eu nem sei quem é.

Porque aqui só quem é.
Só quem é.
Só quem é sabe e dança.
Na ponta dos pés, na ponte das esperanças.
Nas rimas que saem em mira de lança.
Que cortam, que regem, que contigo se transam.
E em um sexo gostoso se você se permitir, goza e encanta.

Pois se você tá me ouvindo é porque também manja
que essa trama,
de corpos em chamas
das Byxas-Travestys e das manas
que no mundo se lançam,
também fala sobre seu fardo pesado.
Dos seus gritos abafados.
Dos seus cortes sangrados.
Dos seus olhos amarrados.
Dos seus pés tão cansados.
Também fala das palavras que também te roubaram.

POEMA Nº 3: A VOZ

Sem teto e sem chão.
Sou mais uma Byxa-Travesty preta com o peito na mão.
Banhada em sangue de desilusão.
O mundo nos tira o sim e o não.
O corte da rima é a arma do meu coração
nesse mundo que só nos dá arranhão.
Já me vi do céu já me vi do chão.
Nos olhos espelhos que não refletem os padrões.

E nisso, às vezes, tenho sensações de que me sobrou o tudo e o nada.
Você quer mesmo essa vida quadrada?
Ou eclode comigo as rimas roubadas?
Arranjadas,
arranhadas,
arrojadas,
arrancadas,
arrastadas,
marchadas,
arrombadas,
(em) feridas de estradas tomadas.
Sei que neste mundo sou mais uma Byxa-Travesty preta abando nada.

Neste mundo de "loki",
como pergunta aberta
soou entre a vida e a morte.
E doou a dor e alegria da desordem
sempre que vejo cortes
navalhas (em) peles do sul ao norte.
Então penso:
"Tomara que eu seja uma byxa com mente e a sorte
de quem sabe deixar uma marca.
E que minha cabeça já tão atormentada
não fique paralisada no nada".

No nada.
No nada.
Nonada.
Nada.
Nada.
Nada.
No nada.
No nada.
Nadada.
No nada.
Do nada,
por nada,
porrada, enquanto eu ando na estrada
tentando não deixar minha vida amarrada, amargada.
E que a história narrada,
seja da Byxaria e Travecada
que carrego comigo junto com essa porrada
de lutadoras da batalha,
que pra muito além do choro

carregam consigo não só o corte.
Mas a luta e a sorte.
A vida e a morte.
E o grito das vozes do nosso povo,
que como um coro em batalha
tem poesia rodada na saia.
Na língua navalha.
Na mão a espada
que metralha pra vocês,
que estão perdendo a vez,
que este mundo sempre foi nosso!
Pou!

V

da outra trilogia: língua, choro e fome

TRAVA COM LÍNGUA

Saco de fardo aquendado
mostra os corte e não mostra os calo não falho,
mas é velho o dilema do caso
caso já casado com placa censura que fala
com a foto do sangue, mas esconde quem tá com a navalha?!
Navalha que corta
que risca
mas meu cu
pisca pisca
e senta e faísca
rebola na pista que trava
que trava
que Trava
que Trava a língua
que trava mais linda
que Trava com rima
com língua
com ginga
trava as esquina
trava as milícia
trava as Polícia
que trava as pista
já bem específica
com a cor melanina

quem preta
quem pobre
perifa quem é Byxa
mas toma cuidado
tomamos a pista
no dia a dia
no corre
nas rima
chegamos mais perto
e é nosso
eu posso
e o vosso
é o senta e chora agora
e eu posso
no trato
no alto
e não desço
do salto.
Jogo umas verdade
na cara dos macho
e só paro
quando eu quiser
...

AURORAGORA

Eu sou uma trava que chora.
Que mora nas rotas da rima.
Que rima nas rotas do choro.
E em lágrimas me transformo em ginga.
Gingo nas curvas do meu corpo
que está na América Latina.
E numa identidade clandestina
eu clamo um destino
do qual o desenho da linha
seja feito com a canetinha
manuseada por mãos minhas.
E que não saia só lágrimas,
mas também sorrisos de minhas retinas.
Eu sou uma trava que ora.
Todos os dias que eu vejo a aurora.
Feita de leite e sangue
De corpos que corpam em mangue.
Emanam a cor que me tange.
Honrando a cada instante —
Luz; eu sou uma trava filha da cruz.
Eu sou filha. Sim, eu tenho família.
Minha Mãe é nordestina e teve meus irmãos lá na Bahia.
E com pesos de sangrias
sangrava, sangra, sangrou.

Ainda sim, sempre me amou.
Ora, orou.
Eu sou uma trava que na minha infância
em todas as manhãs tinha leite.
Em todos os sábados tinha cuscuz quente.
E o toque amarelo da luz de casa
que espalhava o cheiro da brasa verde
da biqueira que estava do lado da gente.
Hoje, nem ligo e joguei o verde pra mente.
Por fim, sou uma trava do Jardim Leme.
Quebrada de Taboão da Serra.
Nascida em Sampa
com lembranças do campinho de terra.
Da Quebrada com escadão.
Da toalha na cabeça fingindo ter cabelão.
Das bonecas que eu não tirava da mão.
E da luta, afeto, fogo e ação que tento manter neste coração.

DELEITEIRA

Eu quero arrombar o mundo.
Eu quero meter!
Me meter onde não sou chamada
e conhecer o que não me permitem.
Então, irei arrombar os buracos trancados e apertadinhos,
nos quais apenas homens têm direito de ação.
Por que só eles recebem a unção?
Eu tenho fome e agora eu que vou comer.
Irei me deleitar no gozo meu misturado com o do mundo.
Eu sou Byxa-Travesty de todo mundo
e agora para o mesmo eu não irei dar.
Vou dominar e denominar.
Vou minar a lógica e renascerei das orações das travas não binárias,
que, louvando o fim do Império duplo,
converterão em um grande fluido.
E do reino de machos só sobrará ruídos,
enquanto, eu, aquela que foi julgada a ser executada,
estarei rasgando o cu da realidade.
E no seu órgão excretor,
misturando o branco e o
barro em uma cor infinda,
semearei uma nova
Eva,
uma nova

Era,
a qual chamamos:
Agora.

posfácio

por Rosanna Correia Silva

Cortes profundos e feridas que lutam a serem cicatrizadas
A Byxa-Travesty foi encontrada perdida novamente nas encruzilhadas
Não!
Esta é a palavra ecoada no barulho de cada porta fechada
No momento em que a Byxa é silenciada
De sua casa chutada
Nas ruas, apedrejada
E no mundo à procura... do nada
Porta fechada
No meio da encruzilhada
A brecha surgiu
A Byxa seguiu
Esta porta se abriu?
De migalhas sempre viveu
O pão que o diabo amassou comeu
Passou a (se) estu(dar)
Neste processo, a sua mente trabalhar
Sua feminilidade vedada e censurada começou a explorar
Na contramão das estatísticas, espaços a ocupar
Uma das poucas!
Não queremos migalhas, nem brechas

Deixem as portas abertas
Se não arrombaremos
Até nos tornarmos LIBERTAS
Mestras, putas, pós-doutoras e poetas.

Mergulhada na lírica, Luna Souto Ferreira — a Sra. Byxa Travesty de cortes — traz em sua obra vivências, experiências, (orais)ções e pluralidades presentes no corpo preto e travesti, explorando a sua (r)existência no país que mais mata travestis e transexuais do mundo, trazendo à tona o espaço em que foi nascida, criada e transviada — a periferia. Não se trata apenas de lástimas e cortes profundos que ainda não foram cicatrizados, mas de luta cotidiana e constantemente reconfigurada, no passo que o seu corpo feminino não estereotipado nos moldes que a sociedade exige como padrão, ocupa diferentes espaços. Esses espaços são desafiadores e os desafios destoam de acordo com a realidade de cada Byxa-Travesty, mas existe algo em comum entre todas elas: a não aceitação — seja dentro do próprio ambiente familiar, seja fora dele... seja em ambos. Esse paradigma existe e é explicitamente presente nas casas, nas ruas, nas instituições, nas sarjetas e na mira dos canhões. Por dia a Travesty mata dois leões.

Quando não se está enquadrada nos estereótipos, os questionamentos pessoais e externos surgem o tempo inteiro no decorrer da vida da Byxa. Luna trouxe inúmeros dos incontáveis, retratando desde as mazelas causadas pela irresponsabilidade de um pai que aborta a sua filha e abandona a esposa, que por sua vez assume todas as tarefas, até o processo de se enxergar e se posicionar como Byxa-Travesty, explorando a feminilidade num corpo sem regras em busca de resposta, de vivência... de sobrevivência — nas ruas da quebrada, sentada na calçada de uma rua não asfaltada ou desfilando com roupas chiques de brechó e salto no meio da madrugada, P. G. pra ser sustentada, os ocós só querem uma sentada... dar uma gozada (nenhuma peça de roupa retirada). Emprego? Só nada, porta fechada. Byxa favelada, no mundo criada.

A mãe cria, o mundo cria e a Travesty SE CRIA. No passo da não aceitação e das portas fechadas, brechas passam a ser procuradas e a cada "não" recebido, a gata se torna cada vez mais feroz. Esta ferocidade nos permite arrombar as portas do mundo e afrontar os limites que nos são impostos, reivindicar, nos posicionar e, assim como proposto por Luna, semear uma nova Eva, uma nova Era... se pá uma nova Erva — venenosa, Travesty e pintosa, ocupando todos os espaços por direito. Batendo no peito, gritando e lutando pra existir e por respeito. Vocês não vão dormir direito.

■ primeira edição
■ outubro de 2019